MORGANE EN DÉTRESSE

L'auteur

Florence Reynaud est née à Angoulême, au sein d'une famille venant de plusieurs horizons. Ses rêves d'enfant étaient peuplés de chevaux, de loups, mais aussi de longs voyages sur l'océan. Après s'être imaginée « marin », elle espère devenir un jour archéologue ou écrivain. Mère de six enfants, lectrice avide, elle choisit enfin l'écriture qui lui permet de raconter des histoires où les animaux sont très présents. Fascinée par les dauphins, au sujet desquels circulent tant d'anecdotes aussi troublantes que véridiques, elle aime par-dessus tout évoquer le sens merveilleux des rencontres entre les animaux et les enfants, source de bonheur, d'affection sans condition.

**Vous êtes nombreux à nous écrire
et vous aimez les livres de la série**

Dylan
le dauphin

**Adressez votre courrier à :
Pocket Jeunesse, 12, avenue d'Italie, 75013 Paris.
Nous transmettrons vos lettres à l'auteur
qui vous répondra.**

Florence Reynaud

Morgane en détresse

POCKET
jeunesse

Loi n° 49 956 du 16 juillet 1949 sur les publications destinées à la jeunesse : septembre 2002.

© 2002, éditions Pocket Jeunesse,
département d'Univers Poche.

ISBN 2-266-12361-0

La mer te fait rêver ?
Embarque à bord de l'*Odyssée*
avec Arthur et Morgane.
Et toi aussi deviens l'ami de

*Je dédie ce livre à tous les enfants,
petits et grands, qui aiment les dauphins,
ces messagers des mers...
Ils ont le don de faire rêver, de charmer.
J'espère qu'ils seront toujours là pour nous,
dans les océans du monde entier !*

1

Tendresse et détresse

Le ciel est d'un bleu intense. Un temps chaud s'est installé sur la Bretagne en cette fin du mois de mai. Morgane, dès son retour du collège, a demandé à sa mère la permission de se baigner. Son frère Arthur, lui, n'a même pas fini de ranger les courses. Leur bateau, l'*Odyssée*, lève l'ancre dans moins d'une heure, en direction du port du Conquet, non loin de la rade de Brest.

Il y a maintenant plus d'un mois que les jumeaux vivent entre terre et mer, et ils ne regrettent plus du tout Paris, qu'ils avaient pourtant quitté le cœur gros. Mais ici, face au large, Morgane et Arthur ont découvert un trésor, selon eux, l'amitié d'un grand dauphin, Dylan.

Morgane nage doucement. L'eau de mer a le goût des larmes qui coulent sur ses joues. Elle n'éprouve pas la joie habituelle du vendredi soir, et cela la désole. Soudain, juste contre son épaule, surgit une grosse tête d'un gris très clair, tandis que retentit un cri familier, semblable à un étrange grincement.

— Ah te voilà, Dylan ! J'étais inquiète, maman m'avait dit que tu avais disparu depuis hier...

Comme s'il sentait la tristesse de son amie, le dauphin l'effleure d'un coup de tête affectueux.

— Ce n'est rien, Dylan, un petit coup de blues, ça va passer... Pratique, la baignade, personne ne saura que j'ai pleuré !

Le dauphin se dresse devant Morgane et l'empêche d'avancer. Puis il la regarde en lançant un cliquetis joyeux. Dans ses yeux, elle lit tant de tendresse qu'elle se remet à pleurer.

— Tu comprends tout ! murmure-t-elle. C'est mon père qui me manque. Et toi, c'est Vénus...

Un plouf sonore fait se retourner Morgane. Là-bas, près de la coque blanche du bateau, son frère lui adresse de grands gestes de la main, en essayant une brasse indienne assez originale.

Arthur n'avance pas vite, malgré toute sa bonne volonté. Sa sœur l'observe d'un air déçu.

— Oh non ! gémit-elle. Pas possible d'être toute seule cinq minutes...

Le grand dauphin plonge. Son corps d'un gris laiteux disparaît dans les profondeurs de l'océan. Soudain Arthur est propulsé vers Morgane, si rapidement qu'il bat l'air de ses bras, en hurlant de joie. Dylan l'a poussé de son rostre, un de ses tours favoris.

Les jumeaux se retrouvent nez à nez. Arthur éclate de rire.

— Tu as vu ça, fée Morgue, Dylan est venu me chercher ! Il doit être content de nous revoir...

— Oui, sûrement ! marmonne Morgane.

Arthur la dévisage. Avec ses cheveux ruisselants, ses paupières rougies, sa sœur a une drôle de mine.

— Qu'est-ce que tu as ? demande-t-il.

— Rien !

Morgane plonge, puis elle se lance dans un crawl énergique. En quelques minutes, elle atteint l'échelle et remonte sur le pont de l'*Odyssée*.

Arthur hausse les épaules. Le grand dauphin s'approche de lui.

— Heureusement que tu es là, mon vieux

Dylan... Remarque, toi aussi tu as l'air triste. À cause de Vénus, je parie, qui est partie. Tu verras, elle reviendra. Les femmes, même chez les dauphins, c'est hyper-compliqué !

Dylan semble écouter avec attention. Arthur lui entoure le cou de ses bras et se laisse emporter dans une large ronde tranquille. Après deux jours au collège, une nuit à l'internat, ces instants prennent un parfum de merveilleux. Mais la montre étanche d'Arthur indique bientôt 19 heures.

— Je dois te quitter, Dylan. Papy a besoin de moi. Hé ! Pas de blagues, tu nous suis jusqu'au Conquet.

La jeune créature du monde terrestre émet des sons pleins de tendresse. Il en comprend certains. Il devine aussi, dans le cœur de son étrange ami, un peu d'inquiétude, de la détresse. Son esprit cherche à capter des images. Vite, il comprend. La grosse chose blanche, qui brise les vagues et ronronne, va partir. Il la suivra, afin de rester près de ceux qu'il aime.

Morgane s'est enfermée dans sa cabine. On frappe à sa porte, trois petits coups nets et réguliers. Le signal convenu entre son frère et elle, qui signifie : « Je veux te parler ! »

Avec un énorme soupir, elle tourne le verrou. Arthur se précipite, suivi par la chienne Moïse et ses petits.

— Bonsoir, fée Morgue ! Tu as de la visite !

— C'est malin ! Maman ne veut pas qu'ils sortent de la cuisine.

Arthur referme la porte et se plante au pied du lit.

— Bon ! Qu'est-ce qu'il y a ? Avoue, tu as pleuré... et toi, tu ne pleures pas souvent. C'est à cause de papa ?

Morgane fait oui. Son frère s'installe dans le hamac, en surveillant les deux chiots du coin de l'œil.

— Moi aussi, il me manque. C'était trop bien, trois jours avec lui, ici !

— Génial, tu veux dire !... s'exclame Morgane. J'aimerais qu'il habite sur l'*Odyssée*, qu'on soit tous les quatre, comme avant.

— Papa a promis de passer quinze jours avec nous, cet été ! déclare Arthur en souriant. Ce sera la fête !

Morgane approuve rêveusement. Quel choc de voir Gérard Montferron, leur père, entrer dans la cuisine du bateau, le dimanche d'avant ! C'était un complot de leur grand-père, Yannick, et d'Océane. Leur mère avait tout préparé en cachette pour réussir cette surprise de taille.

Après le dîner, ils étaient rentrés vers leur point de mouillage habituel, mais le voyage avait paru aux jumeaux bien plus palpitant qu'à l'aller, parce que leur père découvrait la vie sur un bateau. Ils avaient allumé les projecteurs, et Gérard avait pu admirer Dylan et Vénus, qui suivaient le sillage de l'*Odyssée*.

— Arthur, tu te souviens quand papa a plongé avec nous ? s'écrie soudain Morgane. Un vrai pro !

— Et quand il nous a conduits au collège, qu'il a fait son sourire de séducteur à Mme Le Bihan ! renchérit Arthur.

— Ouais ! pouffe Morgane. C'était la première fois que je voyais notre prof de français rougir !

Les jumeaux continuent à se raconter tous les bons moments qu'ils ont passés en compagnie de leurs parents, enfin réunis. Arthur en tire une conclusion :

— En tout cas, ils ne sont pas près de divorcer ! Maman était super-contente de se promener au bras de papa.

— Et tu te rappelles, quand tu as raconté l'histoire du requin mako[1] ? s'écrie sa sœur. Papa, lui, ça l'a fait rire, car il s'était retrouvé

1. Voir *Le défi d'Arthur*.

en face d'un grand requin blanc, en Méditerranée.

Arthur retient une grimace. Le mako était suffisamment effrayant. Depuis que sa rencontre avec un prédateur des mers, bien rare dans les eaux bretonnes, a été racontée par Henri à toute la classe, même Jean Kermeur regarde Arthur d'un autre œil.

Deux grands coups résonnent à la porte de la cabine. Moïse se met à aboyer, tandis que la voix sonore de Yannick s'élève :

— Oh ! moussaillons, qu'est-ce que vous fabriquez ? On lève l'ancre ! Votre mère rédige un rapport, moi je reste au pilotage... Et sortez les chiens de là, bon sang !

Les jumeaux échangent un regard complice.

— Oh ! papy est grincheux ! Mauvais signe ! disent-ils en chœur.

Morgane saute de sa couchette, attrape un des chiots, celui que son futur propriétaire, le vétérinaire Jacques Vidal, a baptisé Noë[1].

— Allez, mission raviolis en cuisine ! dit Arthur. Et après, on téléphone à papa ? O.K. ?

— O.K. ! répond Morgane en riant. Tu sais, roi Arthur, comme frère, tu es quand même super. Je n'ai presque plus le cafard !

---

1. Voir *Au cœur de la tourmente*.

Après le dîner, les jumeaux montent sur le pont. C'est un des moments qu'ils préfèrent, car les couchers de soleil en mer sont souvent spectaculaires.

Dylan nage à hauteur de la proue, mais en se tenant à bonne distance de l'étrave. Arthur, penché par-dessus le bastingage, chantonne en admirant le dauphin. Sa sœur s'appuie un peu contre son épaule.

— Arthur, c'est trop nul ! Maman va passer tout samedi à Brest, peut-être dimanche aussi ! Et la météo annonce du mauvais temps. Un week-end d'enfer !

— Oui, mais demain, papy nous emmène au large. On contournera même l'île d'Ouessant... Pas mal comme programme, je trouve...

Morgane fait la grimace. Arthur décide d'employer les grands moyens. Il chatouille sa sœur à la taille, puis dans le cou. Elle se débat, riant et hurlant, si bien que Moïse aboie frénétiquement. À ce concert assourdissant, Dylan répond par une série de cris joyeux.

2

Du côté du Conquet

Après une bonne nuit de repos, Morgane voit de nouveau la vie en rose. Elle se lève même la première pour préparer le petit déjeuner. Il n'est que 7 heures du matin. Dans la cuisine, la chienne l'accueille en gémissant.

— Chut, Moïse ! Viens, pendant que l'eau chauffe, on va faire un tour sur le pont.

Hier soir, l'*Odyssée* a jeté l'ancre dans le port du Conquet. Morgane observe le paysage : des bateaux de toutes tailles, quelques barques, des gens sur le quai, mais pas de Dylan.

« Il a dû faire une balade au large ! » se dit-elle.

Elle redescend dans la cuisine, heureuse de ce grand soleil du matin. Océane, en peignoir de bain, a commencé à disposer les bols sur la table.

— Oh ! non ! Je voulais t'apporter un plateau, maman ! C'était une surprise !

— Je n'ai pas le temps, ma chérie. Je prends une douche et je file. Un confrère vient me chercher ici dans une demi-heure. Ce sera pour une autre fois. Tu peux faire du thé ?

Océane ressort précipitamment. Morgane tape du pied, déçue, quand le signal d'appel de la radio retentit. Vite, elle répond.

— Oui, Morgane Montferron, l'*Odyssée*, j'écoute !

— Bonjour, Morgane, c'est Erwan ! Dis donc, tu es matinale ! Je suis navré d'appeler si tôt, mais j'ai besoin d'un renseignement. Tu peux me passer ton grand-père ?

Morgane sent ses joues s'enflammer, comme à chaque fois que le jeune garde-côte lui parle, même à distance. Erwan, un des voisins de son amie Flora, a le don de la rendre idiote, selon Arthur.

— Papy dort encore. Je lui dis de te rappeler dès qu'il se lève.

— Merci, Morgane. Et Dylan, il va bien ?

— Oui, il reste de plus en plus souvent avec nous, mais Vénus est partie... Elle a suivi d'autres femelles. C'est le mois des naissances, chez les dauphins, mais Vénus n'attend pas de petit. Alors elle va sûrement jouer les nourrices, pour se consoler.

— Tu en sais des choses... déclare Erwan.

Ils discutent encore quelques minutes, puis le garde-côte coupe la communication, après un « à bientôt ! » chaleureux qui enchante Morgane. Elle se met à chantonner, ravie d'avoir commencé la journée aussi bien. Mais Arthur apparaît, l'air moqueur.

— Salut, fée Morgue ! Vu ta tête, je parie que tu as eu des nouvelles de ton cher garde-côte !

— Chut ! fait-elle. Pas un mot de plus ou je t'étrangle !

Un quart d'heure plus tard, toute vêtue de blanc, Océane embrasse ses enfants.

— Alors, c'est compris ! leur dit-elle. Pas de bêtises, ni de folies ! Arthur, interdiction de plonger, il y a peut-être encore un requin qui traîne dans le secteur...

— Oh ! ça va, maman... marmonne-t-il, vexé.

— Et aidez votre grand-père ! ajoute Océane en sortant pour de bon de la cuisine.

— On l'aide toujours ! lui crie Morgane. N'est-ce pas, papy ?

— Hum ! Hum ! répond Yannick sur le ton de la plaisanterie.

Puis il ajoute :

— Ne vous en faites pas, moussaillons. Votre mère est un peu stressée, comme dit votre père. Allez vous habiller, on lève l'ancre bientôt, direction la mer d'Iroise.

— Super ! répond Morgane. Papy, n'oublie pas de rappeler Erwan.

— Dès que j'ai bu mon café, mignonne !

Dylan réapparaît près du bateau au large de l'archipel de Molène. Arthur, qui se tient à la proue, l'aperçoit aussitôt.

— Morgane ! Regarde ! Il nous a retrouvés. Je me demande quand même comment il fait... Un sixième sens, sûrement !

Morgane sourit mystérieusement à son frère :

— Et si je te disais que je le guide par télépathie ! Tu me croirais ?

— Non, pas du tout. Mais je suis content qu'il soit là.

Arthur respire avec délice l'air marin. Sa sœur le secoue par l'épaule :

— Oh ! Arthur, tu as vu ça ? D'autres dauphins, des dizaines...

En effet, à tribord, un important troupeau de dauphins se dirige vers la haute mer, en multipliant les bonds et les plongeons. Leurs corps fuselés, d'un gris argenté parsemé de fines taches, resplendissent au soleil. Leurs appels répétés, sur un mode strident, parviennent aux jumeaux, malgré la distance.

— Trop cool ! murmure Morgane, éblouie. Dommage que maman ne soit pas là !

— Ce sont des dauphins tachetés, *stenella frontalis* ! Elle nous en avait parlé, mais c'est la première fois qu'on en voit ! Tu as remarqué, Dylan ne cherche pas du tout à les approcher !

— Ils ne sont pas de la même espèce. Peut-être qu'ils ne se comprennent pas. Et puis Dylan préfère la compagnie des humains !

— Attention ! s'écrie Arthur. Pas de n'importe quels humains. Juste Morgane et Arthur Montferron, les célèbres jumeaux !

Sa sœur sourit aux anges, avant de répliquer :

— Tu as raison ! On en a de la chance !

À midi, Yannick coupe le moteur près d'un îlot rocheux. Il fait très chaud, malgré le vent.

— Nous déjeunerons ici. Un vrai repas, au calme ! annonce leur grand-père. Vous avez la permission de vous baigner. Je m'occupe de la cuisine. Mais un quart d'heure, pas plus...

— Merci, papy ! hurle Morgane qui rêvait de nager.

Dylan, comme s'il devinait ce qui allait se

passer, se lance dans une série de pirouettes, en poussant des sifflements étranges.

Ils vont le rejoindre. La joie l'envahit. Avec eux, il retrouve le plaisir du jeu, celui des caresses. Son désir de liberté, de solitude, n'a pas résisté à l'amour que lui portent les deux jeunes créatures du monde terrestre. Maintenant il reconnaît les sons dont ils se servent souvent. Arthur... Morgane... Et la musique du mot « Dylan », qu'il entend sans cesse, le fait frémir de bonheur. Entre eux, le lien s'est resserré.

Son esprit curieux, capable d'analyser les situations et de retenir les expériences passées, l'a aidé à comprendre. Il sait à présent que le son « Dylan » se rapporte uniquement à lui...

— Dylan ! Approche un peu !

Arthur nage vers le dauphin, un ballon sous le bras gauche. Morgane le dépasse en trois brasses coulées, puis se redresse en criant :

— Passe-moi le ballon ! Je vais le lancer à Dylan.

— Non, je le fais ! On a l'habitude, tous les deux !

Morgane ne discute pas, mais elle plonge et jaillit hors de l'eau sous le nez de son frère. D'un geste vif, elle lui arrache le ballon et le jette en direction du dauphin. Dylan bondit, donne un coup de rostre précis dans le jouet, qui vole un instant avant de se poser devant Arthur.

— Génial ! Quelle passe, Dylan ! Tu as vu, Morgane, il me préfère... Histoire de feeling, entre hommes !

— N'importe quoi ! enrage Morgane. Donne !

Arthur veut repousser sa sœur, mais, plus à l'aise que lui, elle réussit encore à se saisir du ballon.

— Attrape, Dylan ! Et cette fois, tu me le renvoies !... hurle Morgane.

Mais le grand dauphin fait une nouvelle passe à Arthur qui gesticule, triomphant.

— Qu'est-ce que je disais ! Il ne veut pas jouer avec toi, désolée, ma chère sœur !

Morgane hausse les épaules. Furieuse, elle s'éloigne en nageant rapidement. Son frère a le don de la vexer.

« Puisque je suis de trop, songe-t-elle, je vais faire le tour de l'îlot. »

Les vagues lui paraissent de plus en plus violentes, mais elle ne se décourage pas. Soudain des aboiements bizarres s'élèvent, tout proches.

Intriguée, Morgane nage énergiquement. Elle découvre vite une petite compagnie de phoques, qui se dirige vers l'îlot. Aussi surprise que fascinée, elle s'arrête, repoussée par chaque déferlante.

Les phoques lui paraissent presque noirs. Avec leurs yeux ronds, à fleur de tête, leurs museaux pareils à ceux des chiens, Morgane les trouve attendrissants. Un mâle assez imposant nage devant les autres, en jetant des grognements sourds. Deux jeunes animaux s'ébattent joyeusement. Oubliant sa colère, elle n'a plus qu'une idée, appeler son frère.

— Arthur ! hurle Morgane de toutes ses forces. Viens vite voir !

Mais elle comprend immédiatement son erreur. Le plus gros des phoques l'aperçoit et aussitôt s'élance dans sa direction. Les abois rauques qu'il lance ne sont guère rassurants.

« Je ferais mieux de m'en aller... » se dit-elle.

Cependant, Morgane, malgré ses talents de nageuse, ne peut pas rivaliser avec des phoques rendus furieux par sa présence. En moins de trois minutes, elle est rattrapée et cernée.

« Je ne dois pas m'affoler ! » songe-t-elle.

Par prudence, elle s'immobilise, agitant à peine les pieds et les mains. Mais le gros mâle s'approche, et il ouvre une gueule impressionnante.

Morgane prend peur. Elle hésite. Que faire pour se sortir de là ? Plonger... Fuir vers l'*Odys-*

sée en battant ses records de vitesse... Maintenant tous les phoques aboient en l'encerclant, et le bruit devient insupportable.

— Allez-vous-en ! hurle-t-elle. Dégagez ! Arthur !

Sa voix paraît bien faible à Morgane, comparée au rugissement du vent, aux cris rauques des phoques. Où est son frère ? Et Dylan ? L'image du grand dauphin traverse son esprit, belle et apaisante.

— Dylan ! sanglote-t-elle. Viens m'aider.

Au moment précis où Morgane murmure ces mots, un des phoques se jette sur elle et la mord cruellement au bras. La douleur est si vive qu'elle en a mal au cœur. Soudain une forme claire jaillit des profondeurs. Dylan s'élance vers le ciel, avec un long sifflement de rage, et se laisse retomber, de tout son poids, au beau milieu des phoques.

— Morgane ! Par là, dépêche-toi...

La voix d'Arthur s'élève de l'îlot. Morgane voit son frère qui court sur l'étroite plage, en lui faisant des signes de la main. Pendant ce temps, Dylan, agile et rapide, commence à disperser les phoques. Le dauphin semble s'amuser, car il se contente de chasser au loin la troupe d'animaux, sans les attaquer vraiment.

Morgane ne s'attarde pas à regarder la scène.

Suffoquante, en larmes, elle nage droit vers l'îlot. Enfin elle met pied à terre. Arthur se précipite.

— Mais tu saignes !

— Oui, ça fait hyper mal...

Tremblante, Morgane examine sa plaie. Arthur la prend par l'épaule.

— On retourne sur le bateau ! Papy te soignera.

Les jumeaux cherchent Dylan des yeux. Le grand dauphin, jouant à saute-vagues, semble les attendre, à quelques mètres de la plage.

3

L'île de Molène

Morgane et Arthur retrouvent le pont de l'*Odyssée* avec soulagement. Dylan s'éloigne dès qu'il les voit en sécurité. Yannick, lorsque ses petits-enfants entrent dans la cuisine, regarde sa montre d'un air fâché.

— J'avais dit un quart d'heure ! Pas moyen de vous apprendre la discipline...

— Papy ! s'écrie Arthur, un phoque a attaqué Morgane. Il l'a mordue au sang !

— Qu'est-ce que tu racontes ?

Morgane tend son bras, marqué d'une plaie rougeâtre.

— C'est vrai, papy ! Regarde !

— Quelles sales bêtes ! ajoute Arthur. Je comprends pourquoi on les appelle des chiens de mer !

Leur grand-père se lève et se penche sur la blessure.

— Dis donc, ce n'est pas joli... Arthur, va chercher la pharmacie. Assieds-toi, ma puce.

Morgane pousse un soupir. Il suffit qu'elle soit triste ou malade pour que sa mère ou son grand-père l'affublent de ce petit nom ridicule. Elle marmonne :

— Je vais bien, papy ! J'ai eu très mal sur le coup, ça commence à passer. Mais j'ai eu vraiment peur, tu sais ! Je ne croyais pas que les phoques pouvaient être aussi agressifs...

Arthur ramène la mallette de pharmacie. En un instant, il sort tout ce qui est nécessaire pour soigner sa sœur.

Yannick nettoie la plaie, la désinfecte. Enfin il relève sa casquette pour déclarer :

— Ce sont sûrement des phoques venus d'Ouessant, ou de Molène. Je ne m'attendais pas à en trouver ici. Vous avez dû les déranger... ou les surprendre !

— Non, papy ! proteste Morgane. Je nageais tranquillement, quand ils sont arrivés. J'ai tout de suite appelé Arthur, pour qu'il vienne les voir, et ça ne leur a pas plu. Ils m'ont poursuivie, encerclée.

— Et où était ton frère ?

— Avec Dylan ! répond vite Arthur. On jouait au ballon ! Du côté de la plage.

— Moi, explique Morgane, je préférais m'entraîner pour la compétition de natation.

Yannick admire le pansement qu'il vient de terminer :

— Ma parole, on dirait que tu as une entorse, j'y suis allé un peu fort pour la longueur de la bande. Ta mère va croire à un nouveau drame. Bon, revenons à nos phoques. J'avais entendu dire qu'ils pouvaient attaquer les gens, surtout si on approche de leur territoire préféré, mais j'avais des doutes.

Morgane soupire, un peu pâle.

— J'ai très faim, par contre. Qu'est-ce que tu as préparé, papy ?

— Une salade de riz géante, avec du thon, des tomates, du maïs. Cela vous plaît, mademoiselle ?

— Super ! Mais Arthur n'aime pas le maïs. N'est-ce pas, Arthur ?

Son frère hausse les épaules, une de ses sales manies, selon ses parents.

— J'ai tellement faim, moi aussi, que je mangerais n'importe quoi. Au fait, papy, c'est Dylan qui a chassé les phoques, sans leur faire mal. Après, il nous a ramenés jusqu'au bateau.

— Oui ! crie sa sœur. On s'est accrochés

tous les deux à sa nageoire dorsale et il a foncé vers l'*Odyssée*. C'était génial.

— « Génial » ! « Super » ! ronchonne Yannick. Quel vocabulaire ! Allez, à table. Ensuite, nous repartons.

En naviguant vers l'île de Molène, les jumeaux profitent pleinement du paysage. Grâce à leur grand-père, ils ont appris que l'archipel est une véritable réserve biologique, abritant surtout de nombreuses espèces d'oiseaux. De même, les fonds marins, riches en algues, attirent une faune marine abondante.

Morgane se montre enthousiaste en apercevant sur un îlot assez grand d'autres phoques gris, allongés au soleil sur la grève.

— Ils ont l'air si calmes ! dit-elle à son frère.

— Ouais ! Ils cachent bien leur jeu ! réplique Arthur. Dommage, on n'a pas vu de grands dauphins, pourtant il paraît qu'il y en a beaucoup par ici... Je me demande si Dylan chercherait à les approcher !

— Je ne pense pas... avance Morgane. Enfin, qui sait ? Pour le moment, il a disparu.

Devant eux, se dessine la silhouette d'une île.

— Nous approchons de Molène ! s'écrie Arthur. Papy a proposé d'emmener Moïse à terre. Elle va être super-contente.

Vingt minutes plus tard, ils retrouvent la terre ferme. Le ciel s'est couvert d'un voile nuageux, mais il fait toujours aussi chaud. La chienne étrenne une laisse et un collier rouges. Les jumeaux ont l'impression de découvrir un autre monde, et cela les amuse beaucoup. Du port, ils montent vers le bourg, dominé par la tour du sémaphore. Morgane et Arthur, par jeu, se sont habillés de façon identique, un pantalon noir et un tee-shirt blanc. Yannick, avec son allure de vieux loup de mer, n'hésite pas à saluer les gens qu'ils croisent.

— C'est super-sympa, cette île ! s'exclame Morgane. J'aimerais bien habiter ici. Pas de voitures, des vieilles maisons...

— Tu sais que Molène a une solide réputation chez les marins... lui dit son grand-père. Une équipe de sauveteurs se tient toujours prête à partir au secours des bateaux en difficulté. Bien des capitaines au long cours sont nés sur ce petit coin de terre.

— La zone est dangereuse ? demande Arthur.

— Eh oui, fiston ! À cause des récifs et des courants. Un vieux dicton le prouve : « Qui voit Molène voit sa peine, qui voit Ouessant voit son sang, et qui voit Sein voit sa fin ! »

— Charmant ! soupire Morgane. Et tu nous emmènes dans un coin aussi terrible.

Yannick éclate de rire en jetant un regard complice du côté du large.

— Bah ! Quand on aime la mer, on apprend à la connaître. Aujourd'hui, par exemple, je sais qu'il vaut mieux repartir avant 17 heures, car le vent n'arrête pas de forcir.

Ils sont arrivés sur la place principale. Arthur, qui rejette ses boucles mordorées en arrière, aperçoit soudain une fille de son âge, assise sur un muret, à l'ombre de l'église. Le grand pull jaune qu'elle porte a dû attirer son attention. Il l'observe, déjà ébloui. Elle a un visage ravissant, des cheveux très frisés, d'un noir bleuté, qui effleurent ses épaules, mais elle semble totalement absorbée par la lecture d'un magazine.

Morgane l'a vue également. Comme la chienne tire sur sa laisse, en direction de l'inconnue, elle proteste à voix haute :

— Sage, Moïse !

La fille relève la tête et les regarde passer avec un peu de méfiance. Arthur découvre alors des yeux magnifiques à son goût, très sombres et très brillants. Morgane donne un petit coup de coude à son frère en chuchotant :

— Ce n'est pas poli de dévisager quelqu'un comme ça... Viens !

Arthur s'éloigne à regret. Il n'ose pas se retourner. Durant toute la balade, il n'entend plus rien, ni les commentaires de son grand-père, ni les plaisanteries de sa sœur.

Quand ils remontent à bord de l'*Odyssée*, Arthur n'a retenu qu'une chose de l'île de Molène. La plus belle fille de Bretagne y habite, car il est certain que ce n'est pas une touriste. En redescendant vers le port, il l'a revue, sur le seuil d'une maison aux fenêtres fleuries de géraniums. Cette fois, elle l'a regardé longtemps, lui, rien que lui, toujours sans un sourire. Ensuite un homme aux cheveux gris, avec une grosse moustache, est sorti. Il l'a prise par l'épaule. Elle l'a appelé « papa », Arthur s'en souvient très bien.

Morgane, d'abord ravie de leur promenade, ne tarde pas à trouver que son frère a une attitude étrange. Il s'est accoudé au bastingage, l'air rêveur, et tandis que leur bateau quitte le port de Molène, Arthur reste silencieux, figé dans une contemplation de la petite île, dont le dessin ne cesse de diminuer.

À l'heure du goûter, Morgane, de plus en plus intriguée, se décide à interroger son frère, qui, chose exceptionnelle, a mangé du bout des lèvres.

— Tu as le mal de mer, Arthur ?

— Non... Tout va bien.

— Tu peux me le dire, les vagues sont vraiment fortes. D'ailleurs, papy renonce à contourner l'île d'Ouessant. Et toujours pas de Dylan en vue...

Arthur sourit à sa sœur, mais il n'a pas son regard de tous les jours, d'un vert clair pétillant de malice ou de rage.

— Dylan a dû rencontrer d'autres grands dauphins, ne t'en fais pas. Il reviendra. Je vais dormir un peu, d'accord ?

Morgane ne trouve rien à répondre. Puis elle se persuade que son frère est malade et refuse d'en parler. Après avoir mis un ciré, car il pleut depuis leur départ de Molène, elle monte rejoindre son grand-père au pilotage.

— Papy, tu tiens le coup ? Tu veux que je t'apporte un café ?

— Pas maintenant, Morgane ! Je dois être vigilant, nous sommes dans un secteur plein de récifs. Pas question de faire naufrage. Je suis un vieil idiot, j'aurais dû suivre les conseils de la météo.

Morgane regarde l'océan. D'un gris couleur de plomb, parcouru de crêtes écumeuses, il semble prêt à se déchaîner. Le vent souffle avec fureur.

— Tu rentres au Conquet ?

— Je voudrais bien, ma puce ! Tiens, puisque tu es là, surveille le radar. Ce n'est pas le moment de s'échouer.

Morgane attend quelques minutes avant d'avouer ce qui la tracasse.

— Papy, Arthur est bizarre. Il n'a presque pas ouvert la bouche depuis deux heures, il n'a pas faim... Et il est parti dans sa cabine, pour dormir !

Yannick fronce les sourcils. Décidément, la journée ne se déroule pas comme il l'avait imaginé. Morgane a réussi à se faire mordre par un phoque, il ne manquerait plus que son petit-fils couve un virus...

Cependant, allongé sur sa couchette, Arthur n'a plus aucun doute sur son état.

« Je suis amoureux... Je n'y crois pas. Le coup de foudre... Et je ne connais même pas son prénom ! Trop nul... Non, trop cool ! Je vais chercher... »

Il énumère une trentaine de prénoms de fille, aucun ne lui plaît, aucun ne correspond à l'image de sa mystérieuse inconnue.

« Je devrais téléphoner à Louis, pour lui raconter ce qui m'arrive. »

Le cœur à l'envers, Arthur en oublie qu'il n'a pas souvent donné de ses nouvelles à son meilleur ami, du temps qu'il vivait à Paris. Louis a passé un week-end sur l'*Odyssée*, pendant les vacances de Pâques. Depuis, le silence s'est installé.

« Non, je ne l'appelle pas ! songe-t-il. Je ne le dirai à personne, même pas à Morgane. Elle en profiterait pour se moquer de moi. Elle se vengerait parce que je la fais enrager, avec Erwan... »

Une violente secousse ébranle le bateau. Arthur manque tomber de son lit. Il se redresse, inquiet. Par le hublot, il ne voit qu'une eau grise, bouillonnante.

— Une tempête !

Cette fois, il se lève d'un bond. On gratte à sa porte. Il ouvre pour voir Moïse ramper à ses pieds, en gémissant d'un ton désespéré. Puis un craquement effrayant retentit, comme si l'*Odyssée* se coupait en deux.

— Papy ! Morgane ! hurle Arthur, pris de panique.

Il monte en courant sur le pont. Personne. Seules des vagues énormes lèchent la coque, aspergeant le bastingage. Le ciel, d'une teinte métallique, se strie soudain d'un long éclair argenté.

— Ho ! Arthur ! Je suis là !

Sa sœur lui fait signe depuis la cabine de pilotage. Arthur s'y réfugie en quelques enjambées rapides. Déjà il est trempé.

— J'ai eu une de ces frousses ! dit-il, haletant. J'ai cru que nous allions couler !

Yannick a sa mine des mauvais jours. Il réplique entre ses dents :

— Moi aussi, j'ai eu peur, Arthur. C'est un sacré orage ! Écoutez ! Bon sang, le moteur va nous lâcher !

Morgane tend l'oreille. Son grand-père a raison. De drôles de bruits, bien qu'assourdis, leur parviennent de la cale. Déjà l'*Odyssée* perd de la vitesse.

— Qu'est-ce que je peux faire, papy ? crie Arthur.

— Lancer un S.O.S. Mais vu le temps, je ne sais pas si quelqu'un nous recevra ! Vite, mon gamin, tente le coup...

Morgane se cramponne, prise d'une peur irraisonnée. Le bateau a déjà connu de belles tempêtes, mais une courte phrase lui revient, avec insistance : « Qui voit Ouessant voit son sang... » Or tout à l'heure, avant l'orage, Yannick lui a montré le phare du Créac'h, le plus puissant d'Europe, qui se dresse à la pointe d'Ouessant, justement.

4

Une nuit en mer

— Morgane, le bateau dérive. Tant pis, nous allons mouiller ici, il n' y a pas trop de fond. Va me chercher Arthur.

Morgane regarde son grand-père. Il semble épuisé. Elle lui prend la main.

— Tu fais de ton mieux, papy ! Tu devrais te reposer un peu.

— Plus tard, ma chérie ! File !

Elle obéit à contrecœur. Du poste de pilotage, on peut au moins voir ce qui se passe. Morgane guettait, parmi les vagues, l'apparition de Dylan. Lorsque le grand dauphin est près d'eux, elle a moins peur. Arthur est installé devant l'émetteur.

— Impossible de joindre un poste de secours ! lui annonce-t-il.

— Papy a besoin de toi. Il veut jeter l'ancre. Sûrement pour trouver la panne.

— J'y vais ! Prends ma place... marmonne Arthur.

Il ajoute, avant de sortir :

— Tu ne remarques rien ?

— Non ! Enfin si, le bateau bouge beaucoup trop et j'ai une peur bleue !

Son frère hoche la tête.

— Morgane, tu n'y es pas du tout ! Regarde-moi, je n'ai pas le mal de mer ! C'est important, ça ! Avant, j'aurais vomi plusieurs fois, depuis le début de la tempête ! Mais je suis un marin dans l'âme... Plus tard, je serai sauveteur en mer, ou garde-côte...

Morgane ouvre des yeux ronds.

— Excuse-moi, roi Arthur, je ne comprends pas où tu veux en venir ! Tu es vraiment bizarre, mais alors bizarre, aujourd'hui !

Arthur s'éclipse sans répondre, en lui jetant un coup d'œil méprisant.

Une fois immobilisé sur son point d'ancrage, l'*Odyssée* devient le jouet des vagues. Heurté régulièrement par l'océan furieux, le bateau se couche parfois lourdement à bâbord. La radio de bord ne fonctionne plus, ni les lumières. Morgane s'est réfugiée dans la cuisine qui est plongée dans une pénombre angoissante. Elle tient compagnie à Moïse, dont les gémissements plaintifs ne cessent pas.

— C'est sinistre, sans les lampes ! chuchote Morgane. Pourvu que papy répare avant ce soir...

Mais cinq minutes plus tard, Yannick traverse la pièce en traitant Arthur d'une série de noms désagréables. Comme Morgane le dévisage avec stupeur, il hurle :

— Je cherchais la panne et ton frère a bricolé des fils ! Maintenant, nous n'avons plus de batterie ! Ah ! c'est malin... Et je ne trouve pas la lampe-torche.

— Dans le troisième tiroir, papy ! Tu sais, la radio ne marche pas.

— C'est normal ! Essaie de joindre ta mère sur son portable. On ne sera jamais à l'heure au Conquet.

Pendant que son frère et son grand-père s'acharnent à remettre le moteur en marche, Morgane voit s'écouler une heure, puis deux. Elle prépare du thé et du café, à la lueur blafarde d'une bougie. La mer s'est calmée.

Arthur déboule, les mains et le visage maculés de graisse noire.

— Salut, fée Morgue ! J'ai faim, tout à coup. Papy aussi ! Alors, tu as pu demander de l'aide ?

— Non ! J'ai juste laissé un message à maman, en lui expliquant la situation. Tiens, il reste de la brioche et du cake.

— Bon, je descends tout ça dans la cale. On va s'en sortir, papy et moi. Et toi, ça va ?

Morgane fait une grimace. Son frère a l'air d'avoir complètement oublié Dylan.

— Je voudrais bien que Dylan nous retrouve... Pas toi ?

— Si, bien sûr, mais je ne m'inquiète pas pour lui ! À plus tard, fée Morgue !

Arthur ressort, ses provisions sous le bras. Il ne voit pas sa sœur taper du pied.

— J'en ai assez ! ronchonne Morgane. Assez !

Soudain une idée lui vient. Peut-être pourrait-elle joindre Flora... Son amie préviendrait Erwan, et le garde-côte trouverait sans aucun doute un moyen de les secourir.

Après plusieurs tentatives, Morgane entend la voix de Flora, malgré des crépitements pénibles qui rendent la communication hasardeuse.

— Flora ! Je suis trop contente de pouvoir te parler... commence Morgane.

Puis elle la met au courant de leur situation. Flora promet de faire son possible pour prévenir les gardes-côtes.

Quand Morgane éteint le portable, à regret,

elle a l'impression que la nuit a envahi la cuisine. Mais des cris grinçants, répétés sur un ton joyeux, la font bondir de son siège. Elle court sur le pont. Là, un peu de clarté grise s'attarde sur l'océan. Une forme blanche saute par-dessus une vague.

— Dylan !

Le grand dauphin lui répond par une série de cliquetis mélodieux. Il se dresse à demi hors de l'eau, reculant ainsi avant de plonger. Puis il s'élance vers le ciel, dans un bond fabuleux. Morgane éprouve un immense soulagement, car leur ange gardien est de retour...

Arthur n'a rien entendu. Il tient la lampe de poche qui commence à faiblir. Yannick, dont l'humeur ne s'arrange pas, lui dit sèchement :

— Va donc chercher une pile, je vois à peine ce que je fais ! J'espère que ta sœur aura des bonnes nouvelles.

— O.K. papy ! Tu veux que je te rapporte un café ?

— Pourquoi pas ?...

Heureux de retrouver le grand air, Arthur se précipite sur le pont. Il voit sa sœur penchée par-dessus le bastingage, à la proue. Malgré le vent, les grondements de l'océan, un cri familier lui réchauffe le cœur. Dylan... Il s'empresse de rejoindre Morgane. Dès qu'il le reconnaît, le dauphin manifeste sa joie en exécutant des acrobaties extravagantes.

— On dirait qu'il veut nous faire rire ! murmure Arthur.

— Oui, ça ressemble à un spectacle, rien que pour nous ! ajoute Morgane en souriant. Oh ! Arthur, je l'adore... C'est peut-être idiot, mais je suis sûre qu'il veille sur nous, comme si nous étions de sa famille, ou ses enfants !

D'ordinaire, Arthur lancerait à sa sœur une réplique moqueuse, mais depuis cette fantastique rencontre, sur l'île de Molène, il se sent différent.

— Ce n'est pas idiot ! répond-il. Moi je considère Dylan comme mon frère !

Sur ces mots, Arthur s'en va. Morgane se demande si elle a bien entendu.

— Mais qu'est-ce qu'il a ? Je ne le reconnais plus... chuchote-t-elle en contemplant les évolutions de Dylan.

— Écoutez, moussaillons, il faut essayer de passer une bonne soirée quand même ! déclare Yannick aux jumeaux. Tout va bien ! Nous sommes en panne, privés de la technologie moderne, mais il faut garder le moral...

La nuit est tombée. L'océan continue à gronder, soulevé par de puissants remous qui ébranlent la coque de l'*Odyssée* et le font osciller d'un bord sur l'autre.

Morgane, Arthur et leur grand-père sont assis à la table de la cuisine, autour d'une bougie, devant leurs bols de soupe. Yannick dit d'un ton solennel :

— Nous voici revenus des siècles en arrière ! À l'époque où de grands voiliers, les trois-mâts, parcouraient les océans. Ils n'avaient pas de moteur, pas de radar, ni de sonar... Pas de potage instantané ! Vous imaginez un peu la vie à bord, en ce temps-là ? Ils se guidaient en observant les étoiles !

Arthur écoute d'un air rêveur, les bras croisés sur sa poitrine, tandis que Morgane jette des regards inquiets vers les coins d'ombre.

— Papy ! Je peux allumer d'autres bougies ? demande-t-elle tout bas.

— Bien sûr, ma chérie ! Cela t'évitera d'ouvrir des yeux de chouette, comme si tu guettais le fantôme du capitaine Achab[1] !

— Arrête, papy ! hurle-t-elle. Sinon, cette nuit, je dors avec les chiens.

— Ce qui me manque le plus, ajoute Arthur, c'est la musique, chez maman... Mais au fait,

1. Le héros de *Moby Dick*, qui pourchassait un cachalot blanc.

papy, toi tu as une petite radio à piles ! On pourrait l'écouter.

— Mes pauvres petits ! Une panne de batteries, plus de moteur, et vous êtes complètement perdus... Bon, va chercher ma radio, Arthur. Nous aurons des nouvelles du continent. Après le dîner, on fera une partie de cartes.

Morgane retrouve le sourire quand les flammes d'une dizaine de bougies dissipent les ténèbres.

— C'est beaucoup mieux, vous ne trouvez pas ? s'écrie-t-elle.

Yannick et Arthur n'ont pas le temps de répondre. Une sonnerie retentit. Morgane se jette sur le portable.

— Oui, Morgane Montferron, oui, l'*Odyssée* ! Erwan... Oui, d'accord... merci ! Oui, c'est très gentil ! Salut !

Morgane ne se retourne pas tout de suite, car elle a les joues brûlantes et s'imagine rouge comme une tomate. Mais son grand-père rugit :

— Alors ! Qu'est-ce qui se passe ?

— Un truc génial ! bredouille-t-elle en osant leur faire face. C'était Erwan ! Flora l'a prévenu, elle lui a donné notre numéro de portable et notre position. Et il a contacté les sauveteurs de Molène, ce sont eux les plus proches. Ils viendront cette nuit ou très tôt, demain matin.

46

— Super ! claironne Arthur. Dis, papy, ils vont nous remorquer jusqu'au port de Molène ?

— Du calme, fiston ! Je n'en sais rien. Je verrai avec eux. Il se peut aussi qu'ils trouvent la panne. À vrai dire, je ne suis pas un as de la mécanique !

— Autre chose ! dit Morgane. Flora a pu joindre maman. Elle nous embrasse très fort. Elle dormira au Conquet cette nuit, à l'hôtel.

Yannick pousse un soupir de soulagement, puis il regarde sa petite-fille attentivement :

— Je te félicite, Morgane ! Tu as eu une excellente idée, en appelant ton amie ! Au moins, toi, tu n'as pas perdu ton temps... Quand je pense que nous avons passé plus de trois heures dans la cale, sur ce fichu moteur !

La soirée se termine gaiement par la partie de cartes prévue, à la clarté des bougies, avec en bruit de fond la radio de Yannick. Parfois, malgré les rafales de vent, les jumeaux perçoivent les cris de Dylan, qui, ils ont vérifié plusieurs fois, n'a pas quitté les environs du bateau.

Lorsque leur grand-père annonce qu'il va se coucher, Arthur et Morgane échangent un clin d'œil. Ce soir, ils n'ont aucune envie de dormir. L'atmosphère à bord leur paraît bien trop étrange.

— On se retrouve dans ma cabine ! souffle Morgane à l'oreille de son frère.

— D'accord, fée Morgue ! Et on fait une nuit blanche...

— Oui, trop cool...

Morgane, dès que Yannick a quitté la cuisine, s'empare d'un litre de jus d'orange, d'un paquet de cookies et d'une provision de caramels. De quoi lutter contre le sommeil, à son avis.

La cabine de Morgane a pris des airs de caverne magique : deux bougies rouges, un bâtonnet d'encens qui dégage un parfum subtil de santal, une tenture indienne devant le hublot pour cacher son œil rond, où pourrait apparaître la face hideuse d'un naufragé vieux de dix siècles...

Les jumeaux ont préféré ne pas se mettre en pyjama, au cas où les sauveteurs arriveraient. Arthur, cette fois, ne s'installe pas dans le hamac, mais au bout du lit de sa sœur qui s'est enveloppée dans sa couette.

— Génial cette ambiance ! s'écrie-t-il en croquant un cookie. Dis, Morgane, pourquoi tu as rougi, quand Erwan a téléphoné ?

Morgane est tellement surprise par la question qu'elle s'étrangle avec sa gorgée de jus d'orange. Enfin elle répond en toussant :

— Je n'ai pas rougi ! Tu hallucines !

— Si ! Et ce n'est pas la première fois... Tu es amoureuse de lui ?

— Arthur, tu es fou ! Tu veux me mettre en colère, alors qu'on était si bien !

Il baisse la tête pour déclarer d'un ton sérieux :

— Mais non, je veux juste discuter avec toi. Je ne connais rien aux filles... Je vous trouve un peu bizarres. Peut-être qu'un jour, moi aussi, je tomberai amoureux.

Morgane se méfie. Son frère semble sincère, pourtant il n'a jamais abordé ce sujet, sauf pour se moquer d'elle.

— Je ne suis pas amoureuse d'Erwan, voilà ! parvient-elle à répliquer.

En vérité, elle a du mal à prononcer ce prénom à voix haute. Là, afin de tromper son frère, elle a fait un effort terrible.

— Tu as encore rougi, un peu... triomphe Arthur.

— Évidemment, c'est gênant. Et toi, tu ne serais pas amoureux de Flora ?

Arthur se défend sans problème, puisque l'image de la fille au pull jaune hante son esprit.

— Moi ! Flora ! Laisse tomber, elle est sympa, sans plus.

Morgane choisit un caramel au chocolat

qu'elle mange lentement, en réfléchissant. Arthur en prend deux d'un coup.

— Quand même, Erwan, tu le regardes comme si c'était une star ! marmonne-t-il, la bouche pleine.

— N'importe quoi ! Je ne suis pas idiote ! Je le trouve assez beau, d'accord, mais surtout il est gentil, et simple. Et je te rappelle qu'il a dix ans de plus que moi, de toute façon.

Les jumeaux continuent à discuter, de leurs amis, de leurs professeurs, de leurs parents. Puis de Dylan, de Vénus qui aurait dû avoir un petit, de la tempête.

Arthur cligne un peu des yeux, de fatigue, quand il ose dire à sa sœur, d'un air indifférent :

— Moi, sur l'île de Molène, j'ai vu une fille qui pourrait me plaire. Pas maintenant, plus tard... Enfin ce genre de fille...

— Hum ! tente de répondre Morgane, à moitié endormie. Je m'en souviens, elle avait un pull jaune.

Ensuite c'est le silence. Arthur dort en boule aux pieds de sa sœur, qui s'est nichée au creux de sa couette.

Dehors, Dylan sommeille à la manière des dauphins, son évent effleurant juste la surface.

Soudain, il se réveille et fonce vers une direction connue de lui seul.

*Détresse, peur et douleur. Une créature de l'océan
souffre et appelle à l'aide. Son cerveau, aussitôt en
alerte, reprend toutes ses capacités. Il s'éloigne de ses
amis. L'eau le porte, le caresse. Flèche d'énergie, il
part à la recherche du blessé.*

5

En suivant Dylan

Un bruit de moteur, tout proche, réveille Arthur. Il se redresse et secoue sa sœur.

— Morgane, ce sont sûrement les sauveteurs ! Je vais prévenir papy !

Derrière la tenture qui ferme le hublot, un peu de clarté se devine. Morgane en conclut qu'il fait à peine jour. Son bras lui semble plus douloureux que la veille.

— Oh ! J'aimerais tant rester au lit ! crie-t-elle en s'étirant.

Mais la curiosité est la plus forte. Vite, elle se lève à son tour et monte sur le pont, après avoir pris soin de se brosser les cheveux. Arthur la rejoint aussitôt, suivi de Moïse qui aboie de tout son cœur. Ils voient tous deux leur grand-père, en haut de l'échelle, en train de discuter avec l'un des sauveteurs qui demande :

— Pas d'avarie sérieuse, alors ? On préfère ça !

— Non, des ennuis mécaniques seulement ! répond Yannick.

Les jumeaux s'approchent, très souriants. Arthur retient son souffle. Sur le bateau voisin, il a reconnu le père de sa belle inconnue.

Yannick s'écrie :

— Messieurs, je vous présente mes petits-enfants, de braves coéquipiers ! Mais montez à bord... L'union fait la force, nous allons peut-être réussir à démarrer ce moteur.

Morgane salue poliment les inconnus, puis elle décide de faire du café frais, tout en rangeant un peu la cuisine. Arthur lui propose son aide.

— Tu as vu, celui qui nous a serré la main, le moustachu, c'est le père de la fille au pull jaune. Charles Odierne.

— La fille au pull jaune ?... s'interroge Morgane, encore endormie. Ah, d'accord, on en a parlé hier soir. Et comment tu sais ça ?

— Je suis observateur, c'est tout...

Les jumeaux continuent à discuter, tout en préparant une table de petit déjeuner accueillante pour leurs sauveteurs. Ce n'est qu'au bout d'une demi-heure qu'un bruit familier les surprend, celui du moteur de l'*Odyssée*, dont le ronronnement puissant s'élève de la cale. Au même instant, des lumières se rallument, tandis que l'émetteur crépite.

— Génial ! hurle Morgane. Ils ont pu réparer !

Son frère montre moins d'enthousiasme. Il espérait secrètement que les sauveteurs les ramèneraient sur Molène, sous n'importe quel prétexte...

Yannick, bien sûr, invite les trois hommes à boire un café. Morgane trouve la cuisine du bateau bien petite, tout à coup. Mais la bonne humeur règne. Charles Odierne, en souriant, déclare de sa voix grave :

— J'ai une fille qui doit avoir l'âge de vos jumeaux ! Dites, les enfants, si j'ai bien compris, vous habitez l'*Odyssée* ! Vous en avez de la chance.

Arthur, le cœur palpitant, s'écrie :

— Oui ! Sauf les jours où il faut aller au collège !

Tout le monde éclate de rire. Yannick est le seul à protester :

— Plains-toi, Arthur, quatre jours par semaine... Ah ! Les gosses, si on les écoutait, ils ne feraient que s'amuser.

— Ma fille était pensionnaire à Brest ! Mais ça ne lui plaisait pas. Elle se rendait malade, tous les dimanches, à l'idée de nous quitter. Maintenant elle suit des cours par correspondance...

Morgane observe son frère. Arthur semble suspendu aux paroles de Charles Odierne. Elle comprend enfin. La fille au pull jaune, oui, bien sûr, Arthur a eu le coup de foudre. Cela explique son comportement étrange, ses questions et sûrement cet air un peu idiot qu'elle ne lui connaissait pas. D'une voix douce, elle propose à leurs invités un second café et des biscuits. Charles Odierne la dévisage, amusé :

— Toi, tu es le contraire de ma fille ! Je n'ai jamais vu des cheveux si clairs, et si longs. Violette a des frisettes noires, « aile-de-corbeau », pour être précis.

Arthur retient un soupir de joie. « Elle » s'appelle Violette. Sa sœur lui jette un coup d'œil moqueur, certaine qu'elle va entendre très souvent ce prénom...

Les sauveteurs sont repartis en direction de Molène. Les jumeaux les ont regardés s'éloigner. Après le formidable orage de la veille, le ciel s'est dégagé. La vue porte loin, sous un soleil éblouissant.

— On aperçoit les phares d'Ouessant ! dit Morgane[1].

— Oui ! Et Molène, c'est par là-bas, cap au sud-est. Il y en a des îlots...

Morgane a cherché en vain la silhouette de Dylan. Le grand dauphin a dû leur fausser compagnie durant la nuit, pourtant ils ont à peine dormi trois heures. Yannick les rejoint.

— Je n'ai presque pas fermé l'œil, moussaillons. Il n'est même pas huit heures, le moteur est en état de marche. Maintenant que nous sommes tirés d'affaire, je propose que nous retournions un peu au lit. Pour ma part, j'ai besoin d'un bon somme, sans tracas dans la tête. Vous avez une petite mine, faites donc comme moi.

Arthur ne demande pas mieux. Il se sent à la fois heureux et épuisé.

— Tu as raison, papy ! Je vais me recoucher.

Sa sœur sourit avec malice. Son frère pourra rêver de Violette...

— Moi, je me repose sur le pont ! déclare-t-elle. Au moins, je bronzerai !

1. Ouessant est connue pour posséder plusieurs phares.

Yannick et Arthur ne lui répondent même pas et disparaissent dans l'entrepont. Morgane déplie un matelas en éponge, roule son pull en boule en guise d'oreiller et s'allonge au soleil, près du bastingage. De là elle peut voir l'océan, d'un bleu intense. Un vol de goélands argentés passe au-dessus du bateau. À l'horizon défile une flottille de voiliers.

« Je suis au paradis... songe Morgane. Tellement mieux que dans ma cabine. »

Elle ferme bientôt les yeux, engourdie par une douce somnolence. Mais la pensée de Dylan ne la quitte pas, l'empêchant de s'endormir tout à fait. Alors elle se concentre et l'appelle de toutes ses forces, par télépathie.

Quelques minutes plus tard, des cris lointains s'élèvent, à bâbord, sur un rythme saccadé et coupés de singuliers gémissements. Morgane se lève et se précipite. À bonne distance de l'*Odyssée*, un grand dauphin nage sans hâte, sans aucune acrobatie. La lumière crue du matin se reflète sur son corps clair.

« Dylan !... se demande Morgane qui trouve anormal le calme du dauphin. Il est peut-être malade ! »

Elle continue à le surveiller. La mer d'Iroise est connue notamment pour sa population de grands dauphins. Celui-ci en fait sans doute partie. Dylan serait déjà près du bateau, à bondir et jouer. Sans un bruit, Morgane descend dans la cabine de sa mère, prend la paire de jumelles. Au passage, elle entrouvre la porte de son frère. Arthur dort profondément, comme en témoignent son attitude abandonnée et un sourire béat.

« Tant pis, je ne le réveille pas. »

Morgane remonte sur le pont. Le mystérieux dauphin s'est encore éloigné, mais grâce aux jumelles, elle le reconnaît.

« C'est bien Dylan ! Enfin je crois avoir vu sa cicatrice... Qu'est-ce qu'il fait ? Il pousse quelque chose de sombre... »

La curiosité est un des défauts de Morgane. Le comportement du dauphin l'intrigue tant qu'au bout de cinq minutes à peine elle décide de mettre le zodiac à la mer.

« Papy a besoin de repos. J'ai le temps d'aller là-bas et de voir ce qui se passe. »

Par prudence, elle enfile un gilet de sauvetage. Cela lui évitera un sermon de son grand-père. Son expédition en solitaire lui paraît soudain très amusante.

« Quand je raconterai ça à Arthur, il sera vert de jalousie... »

Le canot pneumatique et son petit moteur n'ont plus de secrets pour Morgane. Elle a appris à le manœuvrer et s'en sort à la perfection. Déjà elle se rapproche du dauphin. Mais à sa grande surprise, celui-ci ne vient pas à sa rencontre. Au contraire, il oblique vers l'ouest, en nageant plus vite. Cette fois, Morgane voit nettement un objet sombre qu'il dirige à l'aide de son rostre.

— Dylan ! appelle-t-elle. Qu'est-ce que tu as ! Ohé ! Dylan !

Elle le rattrape enfin, non loin d'un minuscule îlot, et comprend très vite la situation. D'abord il s'agit bien de Dylan, ensuite il soutient un petit phoque qui semble agonisant.

— Le pauvre... murmure-t-elle, émue. Il est vraiment mal en point. Dylan, suis-moi. Je vais monter le zodiac sur la plage. Après, je m'occupe de ton protégé.

Morgane, lorsqu'elle se retrouve seule avec Dylan, lui parle exactement comme à un être humain. Devant témoins, elle n'ose pas. On se moquerait d'elle, même si quelque chose lui dit que le grand dauphin comprend tout.

Elle cale le zodiac entre deux rochers, car en fait de plage, ce n'est qu'une bande de sable. Puis avec délicatesse, de l'eau jusqu'aux genoux, elle se penche sur le petit phoque et le prend dans ses bras. Dylan la regarde en lançant une série de cris ténus, d'une douceur bouleversante.

— Oui, Dylan ! C'est toi qui avais raison. Il valait mieux le ramener sur un îlot. Ses parents pouvaient le retrouver, comme ça ! Et puis il risquait d'en mourir, si tu le ramenais jusqu' au bateau.

Morgane examine le corps du jeune animal. Une de ses nageoires porte une blessure peu profonde. Son crâne rond présente une plaie plus sérieuse.

« Il a dû être séparé des siens pendant la tempête ! »

Elle le masse un peu, le caresse, mais il respire difficilement. Dylan se tient à l'écart, presque silencieux, immobile. Ses yeux sombres, perçants, s'attachent à la silhouette de Morgane.

Il ne supporte pas la souffrance des autres créatures, surtout quand elles sont si jeunes, perdues loin de leur famille. Il a été secourir ce bébé-là à la fin de la nuit, loin de la grosse chose blanche dans laquelle dormaient ses amis.

Il a cherché ses parents, mais ceux-ci avaient peut-être abandonné leur petit, le croyant près de mourir. Lui, il a besoin de veiller sur les plus faibles.

Mor-ga-ne, car il sait que les sons « Mor-ga-ne » se rattachent à la jeune créature du monde terrestre,

61

à la tête couverte de belles algues jaunes, Mor-ga-ne a déjà sauvé sa compagne. Maintenant il a confiance, même s'il perçoit, autour de l'îlot, des ondes de tristesse et de douleur.

Morgane refuse de se décourager. Le petit phoque vit encore, elle doit le sauver.

— Je vais le ramener sur l'*Odyssée* ! Papy aura bien une solution. Maman aussi.

Elle se lève, après avoir installé le blessé sur le sable humide. Mais quand elle regarde du côté du bateau, ce qu'elle voit la laisse muette de surprise.

6

Erreurs en série

Yannick se réveille à 9 heures, en pleine forme. Un agréable silence règne sur le bateau. Son premier geste est d'appeler sa fille. Océane décroche aussitôt. Ils bavardent tranquillement.

— Les enfants dorment comme des loirs ! conclut Yannick. Ils ont passé une drôle de nuit, à mon avis. Je pense que je vais partir tout de suite. Le temps de rentrer au Conquet...

— Ce sera parfait, papa ! Nous pourrons déjeuner tous ensemble à midi ! répond Océane. Laisse les jumeaux récupérer.

En vieux loup de mer, Yannick assure seul le départ. Il lève l'ancre, démarre le moteur et met le cap sur la côte bretonne. L'*Odyssée* longe l'archipel de Molène, ses fonds qui ont permis aux hommes du coin d'exploiter le goémon, de vivre de la pêche.

« Et mes deux lascars dorment à poings fermés ! Un peu plus, et ils se réveilleront au Conquet... »

Quand Arthur ouvre les yeux, il s'étonne de sentir le bateau en mouvement.

« Je ne rêve pas ! se dit-il. J'entends le moteur. »

Il s'étire, bâille, s'enfouit un peu plus sous sa couette. Il n'a pas souvent eu l'occasion de traîner au lit alors que l'*Odyssée* naviguait. La sensation lui plaît vraiment.

« Papy a eu pitié de nous ! songe-t-il en souriant. Pour une fois... On se lève toujours à l'aube, en mer. »

Au bout de dix minutes environ, Arthur commence à s'ennuyer. Il se demande si sa sœur est debout, si Dylan les suit.

— Oh ! Fée Morgue ! crie-t-il en frappant trois petits coups contre la cloison.

Il n'obtient aucune réponse. Recommence. Rien. Arthur pousse un soupir, s'habille.

— Bon ! marmonne-t-il. Morgane doit être là-haut, avec papy. Je prends mon petit déjeuner et je les rejoins.

Au passage, Arthur ouvre la cabine de Morgane, découvre le lit fait et le hublot ouvert. Dans la cuisine, la chienne l'accueille en gémissant de bonheur.

— Oui, Moïse ! Je suis là ! Tu n'aimes pas être toute seule, toi.

Il prend le temps de manger quatre tartines de confiture, d'en donner deux à Moïse, puis il monte sur le pont.

Yannick, du poste de pilotage, le salue d'un large sourire. Arthur aperçoit le matelas bleu, en éponge, mais sa sœur n'est pas là.

— Papy ! hurle-t-il. Où est Morgane ?

— Elle dort, pardi ! Viens donc me voir, gamin !

Une sensation de malaise envahit Arthur. Lorsqu'il se retrouve près de son grand-père, il lui demande immédiatement :

— Tu n'as pas vu Morgane ?

— Mais non ! Tu es le premier levé ! D'ailleurs, tu tombes bien. J'avais envie d'un café, tu vas me remplacer.

— Tu as une seconde, papy ? lance-t-il en repartant à toute allure.

Pendant que Yannick hoche la tête, agacé, Arthur fait le tour de l'*Odyssée*. Le bateau est grand, certes, mais pas au point de permettre une partie de cache-cache. Il redescend dans la cuisine en appelant :

— Ho ! Morgane !

Soudain il soupire de soulagement. Sa sœur s'est sûrement installée dans la cabine de leur mère. Mais le petit domaine d'Océane est désert. Comme la minuscule salle de bains, la réserve et la cabine de Yannick.

— Elle n'est quand même pas dans la cale ! chuchote Arthur qui s'empresse de remonter sur le pont, de plus en plus inquiet.

Son grand-père le voit débouler, examiner le matelas, regarder autour de lui.

— Qu'est-ce qui se passe, Arthur ?

— Papy, vite, coupe le moteur ! Je n'ai pas fait attention, tout à l'heure. Le zodiac a disparu ! Et Morgane aussi !

Morgane, en voyant l'*Odyssée* se mettre en marche, puis s'éloigner, comprend soudain l'expression « ne pas en croire ses yeux ».

« C'est impossible ! Qu'est-ce que fait papy ? Il s'en va ! Jamais il ne me laisserait ici ! Le bateau va faire demi-tour... Il doit manœuvrer ! »

Par prudence, en essayant de ne pas céder à l'affolement, Morgane se met à gesticuler, à hurler. Mais le vent, le cri aigu des oiseaux de mer couvrent sa voix.

— Papy ! Arthur ! Oh non ! Ils ne peuvent pas m'entendre.

L'*Odyssée* ne s'arrête pas, il file vers le sud-est. Morgane retient ses larmes. Ses pensées se bousculent.

« C'est une erreur ! Papy va revenir ! Je ferais quand même mieux de prendre le zodiac et d'essayer de les rattraper... Et le phoque ! »

Morgane s'agenouille près de l'animal. Elle constate avec surprise qu'il a ouvert les yeux et la regarde d'un air terrorisé.

— Là, ne crains rien ! dit-elle tout bas. Dylan et moi, nous veillons sur toi !

Elle cherche le dauphin, soudain prise de panique à l'idée de ne plus le voir. Elle ne l'a pas entendu depuis un moment... S'il avait suivi le bateau...

— Dylan !

Heureusement, un cri familier lui répond. Un long discours où se mêlent à vive allure cliquetis et grincements. Dylan se rapproche de l'îlot, à une distance si courte que Morgane s'en étonne.

— La marée monte ! Je ne m'en suis même pas aperçue ! Dylan !

Elle rêve de se jeter à l'eau, de prendre le

grand dauphin par le cou. Lui seul serait capable de la ramener jusqu'au bateau, qui, maintenant, n'est plus qu'un point blanc que les vagues cachent parfois.

— Dylan ! Va prévenir Arthur ! Je t'en prie ! Tu entends, Dylan ! Tu dois rejoindre mon frère !

Il comprend ce que dit Morgane, un peu les sons, surtout les images qu'elle lui envoie sans le vouloir, où il reconnaît Arthur, le bateau blanc... Mais il doit rester près d'elle. Les autres ne risquent rien. Morgane si... Elle n'a aucune force face à son monde à lui, immense, agité de mouvements puissants, parfois destructeurs.

Une lame énorme vient déferler sur l'étroite bande de sable. En heurtant les rochers, elle se déchire en une pluie ruisselante. Morgane, trempée, prend le petit phoque dans ses bras.

« Je ne peux pas rester là ! Je suis sûre qu'à marée haute, l'îlot est recouvert. »

Elle installe son protégé au fond du canot, et, avec précaution, pousse l'embarcation vers l'océan. Dylan observe chacun de ses gestes, en se dressant à demi hors de l'eau. Le dauphin recule ainsi, en jetant des cris aigus, comme s'il encourageait Morgane à venir vers lui. Mais une nouvelle vague s'abat, si bien que le zodiac manque se renverser.

— Je n'y arriverai pas ! sanglote-t-elle. J'aurais dû partir bien plus tôt.

Dylan continue sa pantomime. Morgane, elle, guette le niveau de la mer. Soudain une idée traverse son esprit, sous la forme d'une sorte de film un peu flou. Elle se voit nageant près du canot, afin de l'emmener loin de l'îlot. Puis elle est assise à l'intérieur, occupée à démarrer le moteur.

— Bien sûr ! C'est la seule solution, même si j'ai peur de rater mon coup. On va voir si je suis une future championne de natation !

Morgane attend le meilleur moment, entre deux vagues, pour entrer dans l'eau, en se cramponnant au filin qui entoure le zodiac. Dès que la mer la soulève, elle commence à nager. Hélas ! Une vague qui lui semble monstrueuse arrive, frangée d'écume.

« Je suis encore trop près de l'îlot ! songe-t-elle très vite. La vague va nous ramener contre les rochers. »

Une vision d'horreur fait hurler Morgane. Un « non » désespéré. Pourtant elle se sent brusquement projetée en avant, avec tant de force que la puissante lame passe en les soulevant, elle et le canot. Cette fois, rien de plus facile que de se hisser sur le zodiac.

— Sauvée ! soupire-t-elle en reprenant son souffle. Merci, Dylan...

Morgane a senti le corps du dauphin passer sous son ventre. C'est grâce à lui qu'elle a échappé à cette terrifiante vague. Avant de démarrer le moteur du canot, elle lui crie :

— Dylan, je t'adore ! Tu as bien fait de rester avec moi. Maintenant tu peux aller prévenir Arthur ! Je t'en prie !

Sur l'*Odyssée* souffle un vent de panique, car Morgane a bel et bien disparu. Arthur a cherché partout, au cas où sa sœur aurait laissé un message, pendant que son grand-père, avec les jumelles, vient de scruter en vain les environs du bateau.

— Papy, ça ne sert à rien ! Morgane a dû quitter l'*Odyssée* pendant que nous dormions. Donc au point d'ancrage de cette nuit. Il faut retourner là-bas.

— Bon sang ! Qu'est-ce qui lui a pris, encore ? En tout cas, elle a utilisé les jumelles, puisqu'elles traînaient sur le pont.

L'absence de sa sœur angoisse Arthur. Il se sent perdu. Pour se rassurer, il déclare d'un ton confiant :

— On est sûrs d'une chose, elle n'a pas été se baigner ! N'est-ce pas, papy, si elle a mis le zodiac à la mer, ce n'était pas pour aller nager !

Yannick tourne en rond, pâle d'inquiétude.

— Mon pauvre petit, cela ne prouve rien ! J'en suis malade ! Moi qui croyais qu'elle dormait en bas, tranquillement... Écoute, Arthur, nous perdons du temps. Tu as raison, il faut vite faire demi-tour. Toi, préviens ta mère en priorité. Et les sauveteurs de Molène... Ils seront sur place avant nous. En plus, les marées ont un coefficient élevé, cette semaine...

Arthur n'ose pas demander de précisions sur les marées. Morgane est partie seule pour une raison valable, ça, il en est persuadé. Une dernière fois, il court jusqu'au bastingage, à la poupe. Il aimerait tant distinguer une forme rouge, celle du zodiac, avec sa sœur dedans, de préférence. Mais ce qu'il voit c'est une silhouette claire qui se dirige droit vers l'*Odyssée*, dont le moteur redémarre.

— Dylan !

Le bateau a viré de bord et avance à bonne allure. Le grand dauphin ne tarde pas à bondir près de la coque, en tenant un long discours à Arthur.

— Tu sais où est Morgane, c'est ça ! Ne t'en fais pas, Dylan ! Nous partons à sa recherche.

De la cabine de pilotage, Yannick a vu la scène.

— Sacré Dylan ! marmonne-t-il pour lui-même. Je parie que cet animal veut nous guider jusqu'à Morgane. Il y a quand même des choses inexplicables, chez ces grands dauphins, surtout celui-ci !

Arthur aimerait bien rester sur le pont, mais il doit téléphoner à sa mère, ainsi qu'au poste de secours de Molène. Océane accepte mal la nouvelle, partagée entre l'inquiétude et la colère.

— J'en ai assez, Arthur ! Soit tu désobéis sans cesse, au risque d'avoir de graves problèmes, soit c'est ta sœur ! Je ne pourrai donc jamais vous faire confiance ! Et je suis bloquée à terre, je ne peux pas vous aider...

— Je suis sûr que Morgane n'est pas en danger, maman ! Elle nage comme un poisson, elle sait se servir du zodiac, tu verras, on va la retrouver très vite !

Arthur a pris un ton calme, dans l'espoir de réconforter sa mère. Mais dès qu'il coupe la communication, son cœur s'affole. Il voudrait tant que sa chère fée Morgue apparaisse, là, tout de suite... Bien vivante, surtout !

7

Violette

Morgane s'est repérée de son mieux, après avoir longuement observé les alentours. Elle n'est pas seule en mer ce matin-là, cependant les quelques embarcations de pêcheurs qu'elle distingue sont trop éloignées. Aussi choisit-elle de louvoyer entre les petites îles qui composent l'archipel de Molène.

Malgré ses vêtements trempés et son inquiétude pour le petit phoque, Morgane est émerveillée par tous les oiseaux marins nichant dans ces parages. Ce sont de véritables colonies dont les cris mêlés, les envols bruyants, composent un concert un peu sauvage qui l'enchante. Elle regrette de troubler leur tranquillité, avec la pétarade du petit moteur.

Le soleil commence à la réchauffer. Il lui a

semblé reconnaître, plus au sud, l'île de Molène, dominée par son sémaphore.

— Au moins, là-bas, ils m'aideront.

Elle guette les réactions de son protégé. Le jeune phoque ouvre un œil de temps en temps, la gueule ouverte. Maintenant qu'il a séché, son poil présente une teinte grise, semée d'un peu de brun.

— Courage, petit bout ! On va bientôt te soigner !

Morgane hésite entre deux passages, quand une sorte d'aboiement, rauque et sonore, retentit à proximité. Puis elle entend des bruits de clapotis, d'autres cris farouches. En se retournant, elle voit un groupe de phoques adultes, qui suivent le sillage du zodiac.

— Oh non ! Pas eux !

Son canot ne peut pas aller plus vite. Les phoques la rattrapent sans peine et continuent à aboyer, émettant aussi de singuliers grognements.

Morgane prend peur. Et s'ils renversaient le zodiac ?... Et l'essence, est-ce qu'il en reste assez pour atteindre Molène ?...

— Dégagez ! hurle-t-elle.

Mais le petit phoque, comme ranimé par les appels de ses congénères, trouve la force de pousser des gémissements étranges, entrecoupés de faibles aboiements. Aussitôt les adultes lui répondent, de plus en plus excités.

« Je devrais le remettre à l'eau ! Ils me laisseraient tranquille ! » pense Morgane, au bord de la panique.

Elle regarde le blessé. Ses efforts l'ont épuisé. Il a reposé sa tête au fond du canot.

« Il ne pourra pas nager, il va couler... il va mourir. C'est un vrai cas de conscience, comme dirait papa ! »

Morgane se mord les lèvres, ne sachant que décider, lorsqu'elle perçoit un bruit de moteur, plus fort que celui du zodiac. La grosse vedette des sauveteurs de Molène apparaît. Les phoques se dispersent aussitôt, comme devant un ennemi trop impressionnant.

— Ouf ! soupire Morgane. Mille fois « ouf » !

À bord se tient Charles Odierne, un autre homme et la fameuse Violette, sans son pull jaune...

Morgane retrouve le sol ferme avec bonheur. Le port de Molène lui semble l'endroit le plus accueillant du monde. Charles lui a expliqué, en la ramenant vers l'île, qu'il avait reçu un appel de l'*Odyssée*, une heure plus tôt, signalant sa disparition. En ajoutant :

— Nous sommes partis le plus vite possible... Et dès que je t'ai localisée, entourée d'une bande de phoques, j'ai prévenu ton grand-père. Il ne va pas tarder. Attention aux oreilles, petite ! Si j'étais lui, je me fâcherais !

De son côté, Morgane a raconté brièvement sa mésaventure. Violette, assise au fond de la barque, l'a écoutée d'un air sérieux.

Un attroupement se fait, sur le port, autour du petit phoque. Charles l'a enveloppé dans un linge humide, à l'abri du soleil. Comme Morgane, toute pâle, porte la main à son ventre, le sauveteur s'écrie :

— Je parie que tu as une faim de loup ! Violette, accompagne Morgane chez nous. Qu'elle se change, aussi...

Les deux filles remontent vers l'église. En chemin, Morgane entend enfin la voix de Violette, qui lui demande tout bas :

— C'est vrai, ton histoire de dauphin ?

— Évidemment, je ne suis pas une menteuse. Dylan existe ! Et c'est bien plus qu'un ami, pour mon frère et moi...

Violette ne répond pas. Elle fait entrer Morgane dans la vieille maison aux fenêtres fleuries de géraniums roses.

— Maman n'est pas là, ce matin. Qu'est-ce que tu veux manger ?

Morgane se sent gênée par l'attitude

méfiante, presque froide, de cette fille. Pas un regard en face, pas un sourire.

— N'importe quoi ! Je suis désolée de vous avoir dérangés, ton père et toi, surtout un dimanche ! dit-elle très vite.

— Ce n'est pas grave... murmure Violette en posant devant Morgane du pain et du chocolat. Je vous ai vus, hier ! ajoute-t-elle. C'était ton frère, le garçon brun ?

— Oui, mon frère jumeau. Enfin, on est des faux jumeaux ! Tu sais, avant on vivait à Paris. Et maintenant sur un super-bateau ! On est les « rois du monde » ! déclare Morgane d'un ton gai.

Le pain frais, craquant, lui semble délicieux, ainsi que le chocolat, garni de noisettes. Violette, toujours impassible, lui sert un jus d'orange.

— Et vous n'allez pas au collège ?

— Si, bien sûr ! À Lannion, dans une école privée... Au début, Arthur ne supportait pas l'ambiance, ni les profs, mais il s'est habitué. Moi, j'ai une amie trop cool, elle s'appelle Flora.

Morgane cherche le regard de Violette, mais celle-ci détourne les yeux.

— Viens te changer dans ma chambre ! Je vais te prêter des vêtements...

— Ce n'est pas la peine ! proteste Morgane.

L'*Odyssée* va arriver. Ne t'embête pas pour moi, Violette... En tout cas, tu es vraiment jolie. Arthur me l'avait dit, hier, mais je n'avais pas osé te regarder mieux... Mon frère, si...

Violette pose ses yeux noirs sur Morgane, et lui dit d'une voix moqueuse :

— Excuse-moi, mais ton frère, il a un peu l'air stupide !

— Tu en connais des garçons, toi, qui n'ont pas l'air stupides ? pouffe Morgane.

À sa grande surprise, Violette éclate de rire, montrant ainsi un magnifique appareil dentaire...

L'*Odyssée* vient d'entrer dans le port de Molène. Arthur est accoudé au bastingage, protégé par des lunettes de soleil et une casquette blanche. Il détaille chaque personne, sur le quai et aux alentours, mais il ne voit ni sa sœur ni Violette.

Dès que l'ancre est jetée, Yannick rejoint son petit-fils.

— Allez, fiston ! À terre ! Je suis pressé de récupérer ta sœur et de la secouer un peu ! Elle a intérêt à me donner une bonne raison, pour son escapade...

Arthur approuve en silence, incapable de dire un mot. Son cœur bat bien trop vite, à l'idée de revoir Violette. Ce prénom, il l'a répété cent fois dans sa tête, le jugeant unique, merveilleux. Et il va la revoir... Peut-être !

C'est Charles Odierne qui raconte à Yannick l'aventure de Morgane, tandis qu'Arthur caresse le petit phoque. Il a enfin la solution de l'énigme. Dylan et sa sœur ont sauvé le jeune animal, pendant que lui, il dormait...

« Morgane aurait dû me réveiller ! songe-t-il, soudain vexé. Elle me le paiera ! En plus, j'avais peur pour elle... »

Il se relève, avec un soupir d'exaspération. Des enfants crient en montrant quelque chose, au large du port.

— Un dauphin !

Arthur sourit, malgré tout. Dylan les attend, là-bas. Il doit passer le temps en répétant son numéro favori, une suite de sauts fabuleux. Charles Odierne l'a vu également. Il dit à Yannick :

— J'hésitais à croire votre fille, au sujet du dauphin. Ce n'est pas courant... Bien, je me demande ce que fabriquent nos gamines ! Venez prendre un café à la maison, puisqu'elles ne reviennent pas.

Yannick décline poliment l'invitation, au grand désespoir d'Arthur.

— Non, merci ! C'est très aimable, je dois

repartir immédiatement. Ma fille nous attend au Conquet. Nous l'avons rassurée, pour Morgane, mais elle a hâte de nous retrouver. Et puis, nous vous avons assez dérangés.

Au même instant, le père de Violette s'exclame :

— Ah ! Voilà votre petite-fille...

Arthur se retourne. Morgane descend la rue, seule. Elle porte le pull jaune de Violette.

L'*Odyssée* a repris sa route, en direction du Conquet. Arthur est au pilotage, tandis que Morgane écoute le sermon de son grand-père, assorti de menaces diverses. Quand il se tait enfin, elle lui saute au cou.

— Pardon, papy ! Mais je ne voulais pas te réveiller, tu avais l'air si fatigué. Qu'est-ce que tu aurais fait, à ma place ? Je ne pouvais pas laisser mourir ce pauvre petit phoque...

— Il fallait me prévenir, laisser un mot !

— Je n'avais pas le temps ! Quand j'ai tout raconté à maman, elle m'a dit que j'avais eu raison.

Yannick bougonne, cachant mal son émotion :

— Ta mère est trop indulgente. Enfin, passons ! Une chose est sûre, l'équipe d'Océanopolis va prendre soin de ton protégé. File le voir, je t'envoie ton frère.

Arthur rejoint Morgane à la proue. Sa sœur donne des petits morceaux de thon au jeune phoque. Assise à l'écart, la chienne observe le spectacle, en penchant la tête.

— Regarde Moïse, Arthur ! Elle est très intéressée ! Juste avant que tu arrives, elle a voulu le lécher...

— Ouais ! marmonne-t-il. Je te signale que Dylan vient de suivre une bande de grands dauphins.

— Il est libre, non ? répond sa sœur, déjà sur la défensive à cause du ton hargneux d'Arthur.

— Tout le monde est libre ! Surtout toi, c'est ça ! Quand même, tu aurais pu m'emmener. Et cet horrible pull jaune, il vient d'où ?

Morgane se redresse et fixe son frère d'un regard glacial.

— Tu sais très bien d'où vient ce pull ! Et puis zut, à la fin ! Arrête de faire cette tête de cormoran ! Je suis entrée dans ta cabine, mais tu ronflais comme un idiot ! Tu devais rêver du grand amour...

Les jumeaux se font face, prêts à se jeter l'un sur l'autre. Morgane ajoute d'un air moqueur :

— Vas-y, frappe, ça m'est égal ! C'est le

contrecoup de l'émotion... Papy m'a dit que tu étais mort de peur, parce que j'avais disparu...

Arthur n'a retenu qu'une chose. Sa sœur a touché juste en parlant du « grand amour ». Bien trop juste à son avis. Il l'interroge durement :

— Pourquoi tu as dit ça ? Que je rêvais du...

Morgane croise les bras dans une attitude de défi.

— Parce que j'ai tout deviné, roi Arthur ! Tu es amoureux de Violette !

8

Le secret de Morgane

Morgane s'est installée sur le pont, à l'ombre. Elle a pris le petit phoque sur ses genoux. Depuis qu'il a mangé une bonne portion de thon, qu'il a bu un peu d'eau fraîche, le blessé semble décidé à survivre à tout prix. Arthur est assis en face de sa sœur.

Ils ont enfermé Moïse dans la cuisine, car la chienne n'avait qu'une idée, jouer avec cet animal étrange, que les jumeaux tenaient à tour de rôle. À présent, le calme rétabli, Arthur compte bien exiger de sa sœur des explications.

— Comment tu as deviné, pour Violette ?

— Facile, si tu avais vu ta tête quand son père parlait d'elle. Et même sur l'île, hier, tu l'as regardée comme la huitième merveille du monde...

— Et alors, ça ne veut pas dire que je suis amoureux ! grogne Arthur.

— Tu ne vas pas nier, maintenant ! D'abord, moi je l'ai vue de près. Je l'avoue, elle est super-belle...

Arthur hoche la tête.

— Tu es entrée dans sa chambre ?

— Oui, pas mal d'ailleurs ! Des posters de chiens, de bateaux... Plein de livres aussi. Dis, Arthur, tu n'as pas trop chaud ?

— Non, le vent est frais, surtout à l'ombre.

Morgane sourit en coin. Son frère a mis le pull jaune, qu'elle venait d'enlever. Maintenant, il évite de la regarder pour demander :

— Et à mon sujet, elle n'a rien dit ?

— Que tu avais l'air sympa ! Un peu stupide, mais sympa !

Arthur se penche vers elle, stupéfait :

— L'air stupide, moi ? N'invente pas, Morgane ! D'abord, je suis dégoûté ! Si tu m'avais réveillé, ce matin, moi aussi j'aurais pu la voir, lui parler. Je ne la reverrai jamais, voilà ! C'est trop nul...

— Je suis désolée, roi Arthur ! réplique Morgane. Mais au moins, tu sais où elle habite, tu connais son nom. Tu n'as qu'à lui écrire !

— J'aurais l'air malin, de faire ça. Tant pis, tu n'as même pas été capable de la ramener sur le port... Puisque tu avais tout deviné, tu aurais dû l'obliger à venir.

— J'ai essayé, je t'assure. Elle ne voulait pas, vraiment pas. À mon avis, cela signifie qu'elle t'a trouvé mignon...

Arthur s'illumine. Il a envie d'embrasser sa sœur, pour la remercier.

— Tu crois ? Tu es sûre ?

— Sûre et certaine ! triomphe Morgane. Je connais les filles, moi !

Les jumeaux discutent jusqu'à ce que le bateau entre dans le port du Conquet. En apercevant sa mère sur le quai, Arthur lance à sa sœur :

— Si tu dis un seul mot à maman, je casse ton C.D. de « Roméo et Juliette », et tous les autres ! Tu comprends, Morgane, après, elle le racontera à papy, et je ne serai jamais tranquille. Ils feront des allusions, ils se moqueront de moi...

Morgane toise son frère d'un regard glacé.

— Ah oui ! Comme si je ne le savais pas déjà... Si un imbécile nommé Arthur n'avait pas mouchardé, pour Erwan, je ne rougirais pas à chaque fois que j'entends son nom !

Arthur en reste muet. Il se sent pris au piège.

— Je ne recommencerai pas, fée Morgue, promis ! Finalement, tu pourrais me le prêter,

« Roméo et Juliette » ? C'est cool, comme musique...

Océane, dès que l'*Odyssée* a jeté l'ancre, se précipite à bord. Morgane marche à sa rencontre, le petit phoque contre son cœur. Arthur la suit, très souriant.

— Salut, maman ! Regarde ! Il va mieux !

— Ma chérie, tu m'as fait une de ces peurs... Donne cet animal deux minutes à ton frère, que je te serre bien fort !

Yannick profite des retrouvailles pour étreindre sans pudeur sa fille et sa petite-fille.

— Bon, si on allait fêter ça ! déclare-t-il d'une drôle de voix. Je suis affamé.

— Pauvre papa ! s'écrie Océane. Tu as dû te faire du mauvais sang. Je vous invite au restaurant, mais avant, je vais examiner ce phoque. Une équipe arrive de Brest. Ne t'inquiète pas, Morgane. Ton protégé sera dans de bonnes mains. Des experts. Ils vont lui faire des radios, le réhydrater et, dès qu'il ira mieux, on le ramènera près de la zone où tu l'as trouvé. Il pourra t'attaquer, quand il sera grand !

Morgane sourit. Sa mère lui saisit le bras.

— À ton tour ! Fais voir cette plaie. Oh ! Tu aurais dû changer le pansement, il est trempé. Viens, allons désinfecter ça plus sérieusement.

Les jumeaux échangent un clin d'œil. Avec leur mère à bord, ils se sentent soudain très heureux et légèrement retombés en enfance...

Le repas, composé de fruits de mer et de poisson grillé, a juste eu le tort d'être trop copieux. En reprenant le chemin du retour, Yannick étouffe un bâillement.

— Je me fais vieux ! dit-il à Océane. J'ai toujours envie d'une bonne sieste.

— Laisse-moi prendre les commandes, papa ! répond-elle en riant. Je suis en pleine forme. Et à cinquante-trois ans, tu n'es pas vieux du tout, malgré ta tignasse grise. Je crois plutôt que nous sommes très fatigants, mes enfants et moi !

Durant l'après-midi, Morgane se montre fébrile. Trois fois, elle va bavarder avec sa mère, au poste de pilotage. Six fois, elle s'enferme dans sa cabine, après avoir pris les deux téléphones portables. Par chance, son frère ne la gêne pas. Il s'est allongé sur le pont, au soleil, son baladeur posé sur la poitrine, les écouteurs collés aux oreilles.

À 5 heures du soir, Yannick remplace Océane. Vite, Morgane entraîne sa mère vers la cuisine.

— Maman, je t'ai préparé du thé et de la salade de fruits... Installe-toi, je vais chercher Arthur. Tu ne lui parles de rien, promis juré ?

— C'est promis, ma puce !

Morgane a l'impression d'avoir des ailes. Son plan s'est déroulé à la perfection. Et son frère ne lui décochera plus de mauvaises plaisanteries à propos d'Erwan, son homme idéal, pour l'instant...

Une heure plus tard, l'*Odyssée* s'immobilise près du *Cabotin*. Morgane et Arthur, debout à la proue, guettent la surface de la mer.

— Je te parie que d'ici dix minutes environ, Dylan apparaît ! À tribord ! s'écrie Morgane.

— O.K. ! répond son frère d'une voix triste.

— Si on se baignait, Arthur ? L'eau doit être trop bonne... On sera prêts, quand Dylan arrivera...

— Je n'ai pas envie... J'ai le cafard, Morgane. Un cafard géant ! Demain, retour au collège. Jean Kermeur et ses sales blagues, l'interro d'histoire avec M. Rocher. J'ai voulu réviser un peu, mais je pense sans arrêt à Violette. Si seulement elle était dans notre classe.

Morgane soupire de façon exagérée. Puis elle pousse son jumeau du coude.

— Regarde, Dylan est là ! Moins de dix minutes, mais à tribord ! J'ai gagné mon pari.

Arthur dévisage sa sœur. Il ne comprend pas ce qui la rend aussi joyeuse.

— Allez, on se baigne ! dit-elle en riant. Je t'en prie, va mettre ton maillot. Dylan nous attend.

— Non, Morgane, je n'ai pas envie de nager !

— Même avec Dylan ? Tout ça à cause d'une fille !

Son frère hésite. Le grand dauphin se rapproche de l'échelle, en lançant des cris harmonieux, qui ressemblent à des appels pleins de tendresse.

— J'arrive, Dylan ! s'écrie Morgane.

Puis elle regarde son frère. Le moment lui paraît idéal.

— Roi Arthur, ne fais pas cette tête ! J'ai un secret à te dire.

— Un secret !

— Oui, un super-secret ! Mais ensuite, tu viens te baigner...

— D'accord ! répond Arthur. Il a intérêt à être bien, ton secret !

— Pas de problème ! chuchote sa sœur avec une mine malicieuse. Tu te souviens que le vétérinaire, Jacques Vidal, a réservé un des chiots de Moïse, qu'il appellera Noé ? Tu sais aussi que nous cherchions des bons maîtres pour le deuxième chiot. ?

— Oui ! Et alors ! Ne me parle pas comme à un imbécile !

— Alors, quand j'ai parlé avec Violette, dans sa chambre, j'ai vite compris qu'elle adorait les chiens. Hier, ce n'est pas moi ni toi qui l'avons fascinée, à Molène, mais notre chère Moïse. Mademoiselle a une passion pour les labradors.

— Continue ! ordonne Arthur, les yeux brillants.

— Je lui ai expliqué que nous avions un chiot à donner. Elle m'a dit que ses parents seraient sûrement d'accord. Cet après-midi, pendant que tu te morfondais au soleil, je lui ai téléphoné.

— Tu as son numéro ? balbutie Arthur.

Morgane, à cet instant, constate que Violette avait raison. Son frère a l'air stupide, à un point inquiétant.

— Oui, je l'avais noté ! Donc, ses parents sont ravis d'avoir un petit labrador. Et j'en ai parlé à maman, qui était entièrement favorable au projet. Conclusion, nous sommes invités à dîner à Molène dans deux semaines, pour livrer son chien à Violette.

Son frère s'accroche au bastingage, saute trois fois sur place en criant un « hourra » retentissant. Dylan en profite pour bondir hors de l'eau, avant de plonger en vrille.

— Morgane, je t'adore ! déclare gravement Arthur. Je suis sincère, tu es la sœur la plus extraordinaire, la plus...

— Chut ! Voilà maman !

Océane s'arrête à un mètre de ses enfants qui affichent un large sourire.

— Vous, vous avez quelque chose à me demander !

— Non, enfin si...bredouille Arthur. On peut se baigner ?

— Oui, mes chéris. Je crois bien que je vais vous accompagner. J'ai passé la journée d'hier à faire de grands discours sur les dauphins, sur leur langage, sur leurs mœurs, j'ai envie d'en approcher un ! Si Dylan est d'accord !

— Trop génial, maman ! hurle Morgane. Vite, tous à l'eau, sauf papy, bien sûr !

La mer étincelle sous les rayons obliques d'un soleil rose et or. Tellement calme qu'il est difficile de l'imaginer en furie, couleur de plomb et rugissante. Arthur a nagé longtemps, un peu à l'écart. Ce soir, les nuages épars, floconneux, le ciel lumineux, le vol des mouettes, leurs cris plaintifs, tout l'enchante et le fait rêver. Dans deux semaines, il reverra Violette...

Morgane et Océane ont joué avec Dylan. Chacune leur tour, elles se sont accrochées à sa nageoire dorsale pour une promenade en cercle, de plus en plus rapide. Le grand dauphin n'a manifesté aucune méfiance à l'égard de la mère des jumeaux.

— Il te connaît, maman ! Tu te souviens, quand il a retrouvé ton médaillon ?

— Oui, ma chérie, j'y pense souvent. Dylan fait partie de notre vie, maintenant, et vois-tu, quand je m'absente, cela me rassure de le savoir là, près du bateau.

— Et tu as raison ! Il veille sur nous, je t'assure. Pendant la tempête, dès que je l'ai vu, j'ai eu beaucoup moins peur...

Océane contemple le dauphin. Elle ne s'attendait pas, en venant travailler en Bretagne, à cette rencontre. Dylan a sauvé Arthur de la noyade, alors qu'il ne le connaissait pas, cette nuit d'avril où l'océan était déchaîné. Pour la première fois, elle comprend à quel point le comportement du grand dauphin relève d'un mystère presque inexplicable. Qui est-il et surtout d'où vient-il ?

Morgane entoure la tête de Dylan de ses bras. Aussitôt il l'entraîne doucement, les yeux mi-clos. Elle lui raconte, à mi-voix :

— Le petit phoque va bien. Maman a téléphoné à Brest. Il est sauvé, grâce à toi. Et grâce à toi aussi, Arthur va revoir sa bien-aimée ! Merci, Dylan...

Il écoute la voix légère de Mor-ga-ne. Il se sent heureux, parce qu'elle le caresse en lui parlant. Mais Ar-thur se tient loin d'eux. Il a besoin de leur amour à tous deux, de leurs rires qui sont comme des appels joyeux. Alors il conduit Mor-ga-ne jusqu'à son frère. Elle recule en nageant, tandis qu'il pousse à coup de rostre son compagnon de jeux. La chose ronde, rouge et jaune, qu'il aime tant lancer en l'air et rattraper au vol, apparaît. C'est leur mère qui l'a envoyée. Elle leur a donné la vie, il perçoit chez cette créature adulte beaucoup d'intelligence et de douceur. Tous les trois, ils sont d'une espèce un peu différente, parmi celles du monde terrestre. Puisque sa compagne le délaisse, puisqu'il est seul depuis trop longtemps, il les choisit, eux, comme nouvelle famille...

Cela, ni Morgane ni Arthur, encore moins Océane, ne le savent encore.

Dans la même collection

Cet ouvrage a été composé par
PCA - 44400 REZE

Imprimé en France sur Presse Offset par

BRODARD & TAUPIN

GROUPE CPI

La Flèche (Sarthe), le 21-08-2002
N° d'impression : 13958

Dépôt légal : septembre 2002

12, avenue d'Italie • 75627 PARIS Cedex 13

Tél. : 01.44.16.05.00